Nozomi Mino Presents

KÜSSE
& SCHÜSSE

Verliebt in einen Yakuza

Charaktere

Juniorboss

Toshiomi Oya

Oya ist der Juniorboss des Oya-Clans. Er ist ein sehr höflicher und kultivierter Mann. In der Unterwelt würde sich jedoch niemand trauen, sich ihm zu widersetzen. Ist von Yuri besessen, seitdem ihr Mut ihn schwer beeindruckt hat.

Studentin

Yuri

Yuri ist Studentin. Sie hat einen starken Sinn für Gerechtigkeit. Nach dem Attentat auf Oya hat sie sich entschlossen, seine Geliebte zu werden.

Was bisher geschah

Nach dem Attentat auf den Yakuza-Juniorboss Toshiomi Oya ist die Studentin Yuri bereit sich seiner leidenschaftlichen Liebe hinzugeben. Wie gefährlich sein Leben ist, zeigt sich, als sie auf einer Reise von der russischen Mafia angegriffen werden. Während Oyas Rachefeldzug leidet Yuri Höllenqualen, weil sie sich fragt, ob sie ihn jemals wiedersehen wird. Dabei wird ihr bewusst, wie stark ihre Gefühle für ihn sind. Nachdem sie wieder vereint sind, beschließt Yuri zu trainieren, um für Oya keine Last mehr zu sein.

Eines Tages begegnet Yuri dem Clanboss Shuichiro, Oyas Vater. Dieser verlangt von ihr, sich von der Yakuza fernzuhalten, doch sie weigert sich, seiner Forderung nachzugeben. Nach all den Strapazen feiern sie und Oya ein Weihnachten voller Liebe. Doch die nächste Gefahr lauert bereits, denn die Klubbesitzerin Choko hat ein Auge auf Oya geworfen.

Ab heute über-
nehme ich, anstelle
meines Vaters, die
Verantwortung für
diesen Stadtteil.

Ich habe
ihn während
meiner Zeit als
Hostess ken-
nengelernt.

Choko.
Choko!

Es war
Liebe auf
den ersten
Blick.

War klar,
dass unse-
re Nummer 1
sich nicht so
leicht be-
zaubern
lässt!

Mal
sehen,
ob das
schon
alles an
ihm
war.

Ist er
nicht
eine
Augen-
weide?

Hach!
Herr
Oya!

Herr
♥ Oya! ♥

Diese
dummen
Schnep-
fen.

4

Ich erwarte mir Großes von Ihnen, Choko.

Frau Choko, Herr Oya ist hier.

Cerisier

Tapp

Tapp

Oh, Herr Oya!

Sie besuchen mich ja tatsächlich an Weihnachten.

Und, ist alles in Ordnung?

Na ja, es ist meine Pflicht.

Freut mich zu hören, dass es keine Probleme gibt.

Bitte, folgen Sie mir.

Ich bringe Sie zu Ihrem Platz.

Ja, danke.

Dann werde ich mich auch gleich wieder verabschieden.

Schon?

Tut mir leid, aber diese Ehre gebührt der verehrten Besitzerin allein.

Ähm ...

Bezüglich Ihrer Geburtstagsfeier ...

... wollen Sie nicht auch mit mir auf Ihren Geburtstag anstoßen?

Aber ich komme wieder, Choko.

XXXXL
Ramen
Preisgeld:
30.000 Yen*

mit 30 Stück
geröstetes
Schweinefleisch
auf gehäuften
Sprossen in 20
Minuten

* Ca. 230 Euro.

Uwah!

Hau
rein,
Mädel!

Das
schafft
sie doch
nie!

XXXXL
Ramen
Preisgeld:
30.000 Yen

mit 30 Stück
geröstetes
Schweinefleisch
auf gehäuften
Sprossen in 20
Minuten

Gluck

Gluck

Gluck

Tonk

Pfhaaa!

Puh!

...
muss ich
mir eben et-
was Besseres
einfallen
lassen.

Noukou
Ramen

Ichihar

Ramen
Ichihara

11

Hat sich meine Persönlichkeit etwa schon rumgesprochen?!

So einfach kommense mir nich davon!

Bamm

Ich weiß ganz genau, dasse geöffnet hamm!

Ch... Chef!

Der Grund, warum ich all die Preisgelder einheimse...

Hinter diesem unschuldigen Lächeln versteckt sich wahrlich ein Monster!

Sie isst sogar noch das Dampfklößchen, Chef!

Hrrm, auwn nanw Haufe (Mhm, auf nach Hause)!

Nomm

Nomm

Puff

Puff

Sieg

... ist das hier.

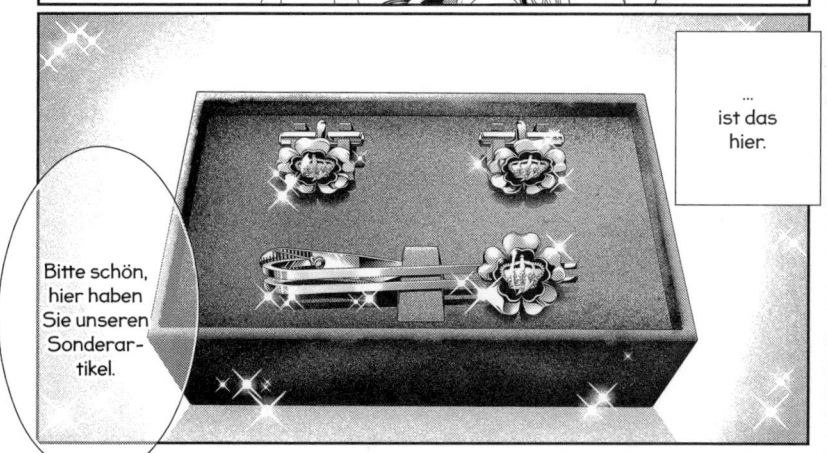

Bitte schön, hier haben Sie unseren Sonderartikel.

Außerdem kommt er von einer bekannten Marke!

Der Schmuck ist limitiert!

Perfekt!

Besonders hochwertig!

Den kann ich Oya schenken!

Heute ist der 1. Januar.

Ich möchte Oya ein Geburtstagsgeschenk machen.

Könnten Sie mir das bitte hübsch verpacken?

Aaaargh!

Schuuurf

Ich spar mir das Essensgeld und kann mich satt essen! Damit schlage ich zwei Fliegen mit einer Klappe. ♡

Wegen des Basketball-Trainings hatte ich keine Zeit, arbeiten zu gehen.

Preisgelder einheimsen, um Geburtstagsgeschenke zu kaufen, hab ich schon als Schülerin gern gemacht.

Meine Jobs als Kellnerin und Hostess hätten dafür nie ausgereicht.

Aber wenigstens an seinem Geburtstag möchte ich ihm etwas schenken.

Wahrscheinlich bringt ihn das in Verlegenheit.

Hi hi! ♡

Royal Lover

Bei der großen Ehre werde ich ganz euphorisch!

Immerhin hat er mich auch zu seiner Feier mit dem gesamten Clan eingeladen.

Ich werde den Kimono tragen, den er mir geschenkt hat.

Nur noch vier Tage bis zu seinem Geburtstag! ♡

Damit habe ich alle Vor-bereitungen abgeschlos-sen.

Zu guter Letzt muss ich nur noch an einen Ort gehen.

Dass ich noch mal hierher zu-rückkommen würde ...

»Was?«

»Ja, wenn ich kein Problem damit habe ...

... sollst du bei Gelegenheit ...

»Die verehrte Besitzerin meinte, ich solle wieder vorbeikommen?«

Willkommen! Bist du allein?

Ah!

... wieder in ihren Laden kommen, meinte sie.«

J... Ja.

Warum wohl?

Schön, dass Sie ihren Laden ohne weitere Probleme öffnen konnte.

Setz dich doch, wohin du willst.

Ratter
Ratter

Oh!

Danke.

Ähm …

Einen Pflaumenwein, bitte.

Gerne.

Was darf es sein?

Kann ich etwas für Sie tun?

Herr Oya hat mit dir gesprochen, nicht wahr?

Ja?

Äh …

Verehrte Besitzerin.

Das hier ist ein Ort zum Trinken und zum Entspannen.

Tonk

Weißt du …

… ihre Geheimnisse und …

Ich werde bezahlt …

… alles, was auf ihren Herzen liegt, anzuhören.

… um mir die Ängste und Sorgen der Kunden …

18

...
von Oya
erzählen.

Ich dachte,
ich könnte
niemandem
...

Aber
...

...
wenn es einen
Ort gibt, an dem
ich mein Herz aus-
schütten darf, dann
möchte ich das
dort tun.

Vermutlich
hat er es
deshalb so
gesagt.

»Geh nur,
Yuri.«

Ich hab
versucht, meine
Freunde nicht
mit hinein-
zuziehen.

Da es beim Klub
gefährlich ist, riet
ich ihnen nicht zu
kommen.

Also, ähm
... es ist so
...

Also habe ich, ähm, ihn gefragt ...

... nun, wie alt, ähm, er wird.

Und dann hat er, ähm ...

... ich, nun, also, wusste, dass, ähm, er bald Geburtstag hat.

Schüchtern

✗ Sie ist nicht betrunken.

Ach, was? Wirklich?!

32.

Hm?

Was ist denn, Oya?

?

...

Wieso denn? Und warum bist du auf einmal ...

... so abweisend?

Bitte, sieh mich an.

Ich werde 35 Jahre alt.

Ich hab dich angelogen.

Tut mir leid.

Ich hab mich schuldig gefühlt, darum konnte ich dir nicht ...

... in die Augen sehen.

Ich hatte Angst, dass du mich für einen alten Mann hältst ...

... wenn du unseren Altersunterschied kennst.

Das hat er gesagt!

Das meinte sie mit »unglaublich«.

Ach so.

Aber das ist nur eine seiner unglaublichen Seiten!

Haaach!

Woah

Woah

Wie süß!

Normalerweise ist er die Selbstsicherheit in Person, aber dass ihm so etwas Sorgen bereitet ...

Heute ist ein wirklich schöner Tag.

Ratter

Klack

Ich würde gerne auch mit meinen Freundinnen darüber sprechen.

Aber er hat doch auch seine guten Seiten.

Mensch, mein Freund nervt mich so.

Wollt ihr angeben?

Ob es wohl so ablaufen würde?

Ich bin ihr und Oya sehr dankbar.

Theoretisch müsste sie dann Oya kennen.

Ob sie eine Hostess ist?

Anscheinend kennt sie die verehrte Besitzerin.

Herr Oya! Hach! Herr Oya!

Ob sie auch ein Fan von Oya ist?

☀ siehe Band 3.

Fwoaah

Mist, jetzt kommt alles wieder hoch!

Grpp Grpp

...aber diese Frau...

Die Hostessen, die mir bisher begegnet sind, waren hübsch...

Ich muss mehr Selbstvertrauen haben!

Aber schlussendlich hat er sich ja für mich entschieden!

Genau!

Wank Wank

...ist der Inbegriff von Schönheit.

29

Schock

Äh
?!

Fwuaah

Hi hi

Du siehst aus, als wäre es etwas Erfreuliches.

Na?

Woran denkst du gerade?

Bitte verzeih mir die Frage, aber wie alt bist du?

Ich will nicht bevormundend klingen ...

... aber es ist schon spät. Solltest du nicht besser nach Hause gehen?

Ha ha ha

Dieses Mädchen wirkt ziemlich dämlich.

Sowohl optisch als auch charakterlich ist sie mir unterlegen.

Pfft!

Aber vielleicht kann ich sie ...

... benutzen, um Herrn Oya näherzukommen.

Das ist ja die gleiche Marke?

... die Geschenke austauschen.

Dann wollen wir mal ...

Und damit wir uns auch wiedersehen ...

... hast du hier meine Visitenkarte.

Schuss
16

Gute Nacht, Schlaf gut und träum schön.

Du auch.

Genau, Yuri.

Meine Geburtstagsfeier findet ab mittags statt.

Ich werde dich abholen lassen.

Das ist lieb, danke!

Ich freu mich so!

Hach! ♡

Was red ich da! Er muss doch noch arbeiten!

Hibbel

Hibbel

Also dann, ich muss los.

Haaatschi!

ビィネッ Hatschi

Uwah!

Sau- kalt!

So gründlich, wie du es inspizierst, muss alles in Ordnung sein.

Keine Kratzer oder Beulen?!

Guck Guck

Ist es heil geblieben?!

Puh!

Ja, scheint so!

Die heutige Rechnung übernehme ich.

Ich bin übrigens Choko.

Das freut mich.

Ähm ...

Auf ein baldiges Wiedersehen.

Dann bedanke ich mich herzlichst.

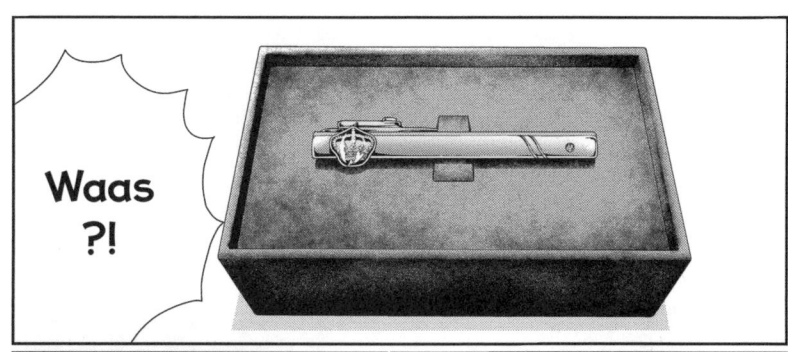

Waas ?!

Fwusch

Was soll das? Wo sind die Kirschblüten-Man-schetten ...

... und die Krawat-tennadel hin?

Ratter

Ratter

... mein Ge-schenk!

Das ist gar nicht ...

Das kann nicht sein!

Oh! Swisch

Domp

Royal Lover!

Nein!

45

... wenn ich mich ohne seine Erlaubnis ...

... mit jemandem aus diesem Viertel treffe, dann ...

Ach, aber ich habe ihr meine Telefonnummer auch nicht gegeben.

Soll ich morgen zur verehrten Besitzerin gehen und sie bitten, die Dame anzurufen?

Vielleicht ist sie schon ganz aufgewühlt deshalb?

Aber was, wenn sie das Geschenk bereits heute benötigt?

Mir bleibt nur eins übrig.

Ich muss anrufen.

Brrrt
ブーッ
ブーッ
Brrrt

ブーッ
Brrrt

Ja, bitte?

Die Geschenke ...

Na bitte, wusste ich's doch!

Ach, du bist es.

Ja, sieht so aus, als hätten wir sie vertauscht.

Ähm, Sie haben heute Abend meine Getränkerechnung übernommen.

Ups
?!

... werde ich dieses Mädchen ausste-chen!

カ!!

Bwapp

Royal Lover

Jetzt ist die Schachtel einge-drückt!

Fwsst

Ach, was passiert ist, ist passiert! Kein Grund, sich aufzu-regen!

Tsk!

Wie pein-lich, ihm so etwas zu schenken!

エ!!

D... Die Alte hat uns Geld gegeben, damit wir das Mädel angreifen!

Sie war es!

So etwas hätten wir nie getan!

W... Wir hatten nie vor, uns an ihr zu vergehen!

Aber wir wollten sie nur etwas erschrecken!

Wir hau'n besser ab!

Als würden Worte noch was bringen!

Hey ?!

Swosch

Argh!

GWPP

Oya!

Ich ...

... bitte dich!

Tu ...

Tu ihnen nichts!

Bitte ...!

Nimm sie nur fest ...

Grapp

... und sprich mit ihnen!

72

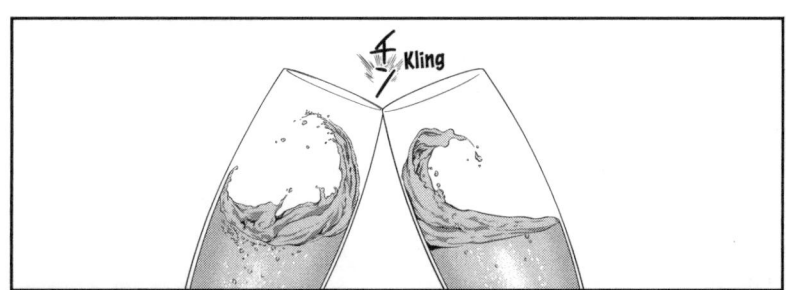

Kling

Glückwunsch!

Du wirst bald deinen eigenen Laden eröffnen, nicht wahr?

Choko.

Das ging nur dank Ihrer großzügigen Unterstützung.

Hi
hi

Auch
heute
Abend
helfe ich
gerne
wieder.

Quiee

Hah

Choko!

Quiee

Ah

Choko!

Quiee

Quiee

Hah

Hach
...!

Ich möchte
Herrn Oya
zeigen
...

...
wie elegant
ich ihn reiten
kann.

»Warte in der Wohnung auf mich, Yuri.«

»Mach ich.«

Badumm

Was für ein Glück.

Und dass Sie irgendetwas vorhaben.

Es hätte friedlich ausgehen können ...

Aber nein.

... hätte alles mit dem Geschenketausch geendet.

Ich habe Ihre Geliebte bedroht.

Sagen Sie, Herr Oya.

85

Der Oya-Clan hat folgende Maxime:

... noch die soziale Stellung einer Frau jemals bedrohen.

Sie würden weder Gewalt anwenden ...

»Keine Hand an Frauen anlegen.«

Und auch ihre größte Schwäche.

Das ist ihr Ehren-kodex.

Herr Oya kontrolliert dieses Stadtviertel.

Badumm!

Das ... leuchtet mir ein.

Wir leben in derselben Stadt und sollen uns nie wieder über den Weg laufen?

Das ist unmöglich!

Nach dem, was ich getan habe, ist diese Strafe nur nachvollziehbar.

Badumm!

Und der Geschäftsmann, der sie reichlich unterstützt hat.

»Oh, das ist Fräulein Choko.

Sie scheint etwas vorzuhaben.«

Okay.

Vielen Dank, Herr Oya!

Das freut mich!

Ich werde uns etwas ein- schenken.

Aber nur ein Glas.

Ich zeige
dir das ulti-
mative Hoch-
gefühl!

Ich werde
dich an mich
binden! Egal
wie sehr du dich
wehrst, ich lass
dich niemals
mehr gehen!

Hier,
bitte
schön.

Klank

Schluck

Danke, dass Sie mir auch noch diesen letzten egoistischen Wunsch erfüllen.

Na bitte, es hat angefangen.

Ah

Im Nu ...

... verlässt einen die Kraft.

Ich hab ein Aphrodisiakum in das Getränk gemischt, das einem die Kontrolle über den eigenen Körper raubt.

Fühlen Sie sich etwa unw...

コッ
コッ
Tipp
Tipp
Tipp

Mein Herr!

Macht kein Auf- heben.

Mein Herr!

Hä?

Wie bitte?

Haah

...ell.

Haah

Hol Wasser!

Schnell, ins Schlaf-gemach!

Was ist ...?

Was?

Hä?

Badumm

Beruhigen Sie sich!

102

Zumindest keine, die den sofortigen Tod herbeiführt.

Was für eine?!

Eine Droge?

Fräulein Choko hat ihm eine Droge eingeflößt.

Dessen sind wir uns sicher.

Wupp

Wupp

Gwapp

Zitter

Oh!

Also, ähm, es ist ein Aphrodisiakum ...

O... Oya?

Er scheint zu leiden.

Hff

Küsse & Schüsse 5 *Ende*

114

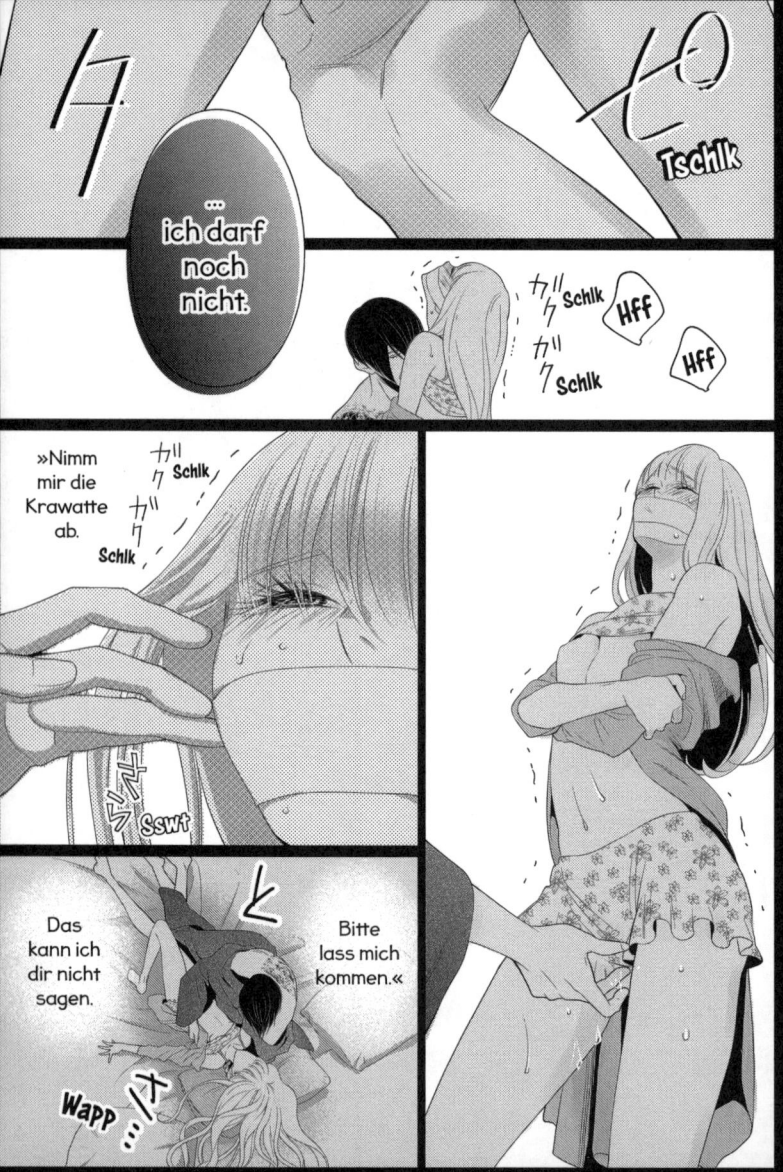

Tschlk

... ich darf noch nicht.

Schlk Hff

Schlk Hff

»Nimm mir die Krawatte ab.

Schlk

Schlk

Sswt

Das kann ich dir nicht sagen.

Bitte lass mich kommen.«

Wapp

Denn wenn
ich dich darum
anflehe, nach-
dem ich dich
verletzt habe
...

... wirst
du
...

...
vielleicht
sauer.

GWPP

Yuri.

Du hast es unterdrückt, nicht wahr?

Nick

Nick

Mn

Mpf

Mnpf

Ich weiß.

Mngh

ちゅ
Küss

Huch!

Irgendwie
...

ちゅ
Küss

ちゅ
Küss

Du darfst
dich deiner
Lust nun gänz-
lich hinge-
ben, Yuri.

...
sind
Oyas
Berüh-
rungen
...

...
zärt-
licher ge-
worden.

ちゅ
Sswt

Pah!

126

130

132

Yuri
...

...
jetzt bist
du an der
Reihe, Spaß
zu haben.

Extraschuss – Zügelung *Ende*

Extraschuss
—Heilige Nacht—

Folgendes
passierte
letzte Weih-
nachten
...

...
kurz bevor wir
uns ineinander
verliebt hatten.

Danke für eure Arbeit.

Hm ...

Mein Herr, was haben Sie nun geplant?

Wunderschön.

Es zieht einen richtig in den Bann.

Sollen wir anhalten?

Aber nein.

Das wäre Zeitverschwendung. Fahrt weiter.

Dieser Glanz ...

... ist nur für Pärchen reserviert.

Grins

Mein Herr, haben Sie gerade gelächelt?

Es wird gleich grün. Schau auf die Straße!

Mach dich nicht lächerlich.

Was ?!

Jawohl!

Irgendwie
beneidens-
wert
...

145

Wie
schön!

Wow,
wie toll!

Murmel
Murmel
キャッ
キャッ

Gwit

Ich sollte besser nach Hause gehen, bevor ich hier meine Zeit ver- schwende.

Wrrrumm

Wow!
Was für ein Schlitten!

War das ein Mercedes-Benz?

Hatschii!

Fwuuh

Wer wohl ...

... ich könnte meiner Familie eine Torte mitnehmen!

Schnell heim und aufwärmen! Ach, und ...

Flucht vor dem Single-Weihnachten.

...Tapp

... so ein Auto besitzt?

Und dabei werden wir uns in den Armen liegen und uns anlächeln.

So möchte ich ...

... dieses Fest verbringen.

152

...
gerne
Weihnach-
ten mit dir
verbrin-
gen.

Extraschuss – Heilige Nacht *Ende*

Ein besonderer Dank geht an

- Euch Leser

- Die Redaktion von *Cheese!*

- Meinen Redakteur Morihara

- Sato vom Bay Bridge Studio, zuständig für das Design

- Meine Assistenten: M. Ishida, M. Ishikura, K. Kawai, S. Nakanishi, R. Hurubayashi

- Alle Mitwirkenden im Druckbereich

- Alle Mitwirkenden aus den Buchhandlungen

- Alle Mitwirkenden aus der digitalen Abteilung

- Meine Familie, meine Freunde, meine Katze, Rockmusik und Zigaretten

- Und an alle, die an der Realisierung von *Küsse & Schüsse* mitgewirkt haben.

Ich danke euch!

Mino

Ich bin
mal kurz
weg, was
erledi-
gen.

Mach es
dir solang
zu Hause
gemütlich.

Mach
ich.

Verantwortung aus Liebe –
Schuss 17 Hinter den Kulissen

Hi
hi

Was ist
denn?

Wenn
ich daran
denke
...

...
dass du
zu meiner Ge-
burtstagsfeier
kommst, werde
ich richtig eu-
phorisch.

...
lässt mich
beinah ver-
gessen
...

Nimm sie
nur fest und
sprich mit
ihnen!

»Okay«.

...
dass er zu
den Yakuza
gehört.

...
wenn
man Hand
an meine
Geliebte
legt.«

»Jeder
weiß nun,
was pas-
siert
...

Badumm

Er hat
den Ma-
fiaboss ja
auch nicht
getötet.

Aber
...

Deshalb
sollten die
drei eben-
falls davon-
kommen.

Badumm

··· ich hab trotzdem ein ungutes Gefühl.

Ugh!

Ha! Hah!

Ich krieg ···

··· keine Luft.

Hah!

Hah!

Aber daran bin ich selbst schuld.

Fwap

Wo haben Sie uns hinge-bracht?

Hff

Hff

W... Wo sind wir hier?

Zerr

Aua!

Sswt

Ihr wolltet also Fangen spielen ...

Klack

Jetzt hab ich euch.

Wird Yuri es schaffen, den unter dem Einfluss eines Aphrodisiakums stehenden Oya zu befriedigen?

Deine Hände packen mich grob ...

... und du rammst deine Zähne in mich.

Doch ...

... diese Dominanz lässt mich wieder und wieder und wieder kommen.

Seine unstillbare Gier droht mich zu verschlingen.

Band 6 erscheint im März 2022!

Haaah

Mngh!

Ah!

Na, sieh mal einer an!

Oya kann ganz schön sexy sein!

Das Maul des Drachen ist Oyas erogene Zone!

Nein, nein!

Mir tut es leid!

Hi hi

Verzeih, dass ich kurz die Fassung verloren habe!

Bun Bun Bun
Wupp Wupp Wupp

Dodomm Dodomm

Dieses Jahr habe ich vor, Puppen von Oya und Yuri anzufertigen.

Eine Werbeanimation für Twitter wäre mal was ...

Verkaufen werde ich diese aber nicht.

Aber ihr könnt sie euch gerne auf Twitter ansehen. ✿

Über
Nozomi Mino
● Geboren am 12. Februar (Wassermann). Blutgruppe B. Kommt aus Himeji (Präfektur Hyogo). Macht gerne Spritztouren mit dem Auto. Café-Junkie.
● Erstlingswerk *O Manten* (erschien im Mai 2006 im *Cheese!*-Magazin)
● Hat eine aktuell laufende Serie bei *Cheese!*

Autorengruß
Danke für eure Fanpost! Dieses Mal geht es um Choko, die Nachtklubbesitzerin (ihr Name kann auch mit dem Zeichen für Schmetterling geschrieben werden). Wird dieser Schmetterling die Liebe von Oya und Yuri durcheinanderwirbeln können? Ich hoffe, euch gefallen die Episoden!

Meine manchmal etwas anstrengende Verlobte

Story: Monaka Toyama | Artwork: Midori Shiino

Shino wünscht sich nichts sehnlicher als eine Romanze wie in einem Manga. Doch ihre arrangierte Verlobung mit dem Vertriebsangestellten Hajime läuft nicht gut. Als dann noch die neue Mitarbeiterin Yui von Hajime eingearbeitet werden soll und ihm schöne Augen macht, dämmert es ihr: Sie ist nicht die romantische Heldin, sondern die unbeliebte Rivalin!

Nur du darfst mich fesseln

Erin Kijima

Kaori ist schon lange heimlich in den Mann ihrer Schwester verliebt. Als die Ehe der beiden in die Brüche geht, wittert sie ihre Chance und möchte die neue Muse ihres Ex-Schwagers werden. Doch der kann nur das malen, was ihm gehört. Ist Kaori bereit, ihm alles zu geben, wonach er verlangt ...?

30 – Ein Traum von Liebe
Akimi Hata

Shino ist dreißig, im Beruf sehr erfolgreich, aber immer noch Single. Ihre Familie und ihr Umfeld sind der Meinung, sie sollte nun langsam auch heiraten. Und eigentlich denkt Shino das irgendwie auch, da sie es gern geordnet mag. Da spricht sie eines Abends der fast zehn Jahre jüngere Mayuki an und bittet sie, seine Freundin zu werden. So ein junger Kerl ist natürlich nichts zum Heiraten, aber vielleicht hat er ja andere Vorzüge ...?

Sister & Vampire

Akatsuki

Ein Vampir treibt sein Unwesen und auch Ordensschwester Erna fällt ihm zum Opfer. Doch der verführerische Richter verschont sie und Erna meint, sein gutes Herz zu erkennen. Um ihn zu bekehren, folgt sie ihm und trotzt jeder Gefahr. Wird es ihr gelingen, ihn zu läutern, oder wird sie am Ende selbst auf die dunkle Seite gezogen werden?

altraverse

Deutsche Ausgabe / German Edition
Altraverse GmbH – Hamburg 2022
Aus dem Japanischen von Victoria Zach

KOI TO DANGAN Vol. 5 by Nozomi MINO
© 2019 Nozomi MINO
All rights reserved.
Original Japanese edition published by SHOGAKUKAN.
German translation rights arranged with SHOGAKUKAN
through The Kashima Agency.
Original Cover Design: Chie SATO + Bay Bridge Studio

Redaktion: Anne Faltin
Herstellung: Madlyn Weyhe
Lettering: Vibrant Publishing Studio

Druck: CPI books GmbH, Leck
Printed in Germany

MIX
Papier
FSC FSC® C083411

Alle deutschen Rechte vorbehalten.
ISBN: 978-3-7539-0373-6
1. Auflage 2022

www.altraverse.de